谢谢你。谢谢你一直等待我出场。

兔 的 自 白

你们人类总是把我与月亮联系在一起，不光说我是"望月而孕"，而且还说我是从妈妈的嘴里吐出来的，因此叫我"兔（吐）子"。你说可笑不？

我长着一双美丽的红眼睛，比老外的蓝眼睛还漂亮，可你们却说俺有"红眼病"。你说气人不？

本来俺与乌龟赛跑就不是一件光彩的事，可你们却偏偏总拿此事笑话俺。你说俺这脸往哪撂（liào）？

为保安全起见，我就多盖了几所房子，可你们却说我"狡兔三窟"。你说这是夸俺还是贬俺？

而且，你们总爱吹牛，明明是费了吃奶的力气才把俺捉住，却夸口说是"搂（lōu）草打兔子——捎带着"。你说俺就那么无能吗？

更可气的是，俺那次一不小心碰到了树上，你们就开始在那棵树下"守株待兔"了。你说俺就那么傻吗？

俺向来直言直语，话不中听，请别见怪。

于平、任凭

【剪纸中国·听妈妈讲兔的故事】

于平 任凭 / 文图

赵镇琬 / 主编

兔年的礼物

贵州教育出版社

兔乖乖，把门开，
两只耳朵伸出来，
大眼睛，眨呀眨，
小嘴一张把口开：
俺在民间有民俗，
有啥民俗你猜猜？
啥民俗，不用猜，
看看此书就明白。

听妈妈讲兔的故事

兔在民間

兔年的礼物

壹

咿咿咿，呀呀呀，兔年大吉生兔娃，
兔娃坐在摇筐里，咿咿呀呀学说话。

兔娃娃，戴兔帽，抬起头，天上瞧，
听说月宫有玉兔，怎么啥也看不到？

俺想回家

传说月宫有玉兔，那是古人编典故，
月宫玉兔伴嫦娥，嫦娥故事传万户。

俺很孤独

嫦娥千年住月宫，思乡之情藏心中，
玉兔为使嫦娥归，千年捣药不放松。

俺想吃月饼

中秋之夜月儿亮，中秋祭月家家忙，
月下设案摆供品，瓜果月饼供案上。

兔儿爷，用泥捏，八月中秋来过节，
披甲骑虎拿棒槌，大人孩子拜兔爷。

兔年吉祥

兔在民间是瑞兽，兔的毛色有讲究，
黑兔红兔若出现，吉祥如意好兆头。

俺能百米跨栏

兔子乖巧跑如飞，人以"飞兔"来称谓，
古代骏马称"飞兔"，日行千里跑来回。

大老鹰，如闪电，小兔踏在爪下边，
鹰踏兔子是吉语，象征男女好婚姻。

俺虽丑
可俺温柔

蛇盘兔，必定富，大蛇盘着小白兔，
蛇喻男，兔喻女，象征婚姻牢又固。

兔乖乖，跑过来，
两只耳朵摆呀摆，
大眼睛，眨呀眨，
小嘴一张把口开：
春夏秋冬四季花，
各有啥花你猜猜？
有啥花，不用猜，
看看此书就明白。

听妈妈讲兔的故事

四季花开

兔年的

礼物

贰

春天到来牡丹开，牡丹引来兔乖乖，
牡丹园里放风筝，放掉晦气喜气来。

牡丹园里捉迷藏，小兔乖乖藏花旁，
一个捉，两个藏，一问一答上了当。

夏天到来荷花开，荷花引来兔乖乖，
小兔乖乖坐木盆，荷塘里面把莲采。

俺怕

迷你玩

胆小鬼

荷花丛中荡呀荡，木盆荡到水中央，
忽见鱼儿跃出水，小兔吓得乱晃荡。

秋天到来菊花开，菊花引来兔乖乖，
菊花旁边跳房子，单腿跳得歪呀歪。

这边有只兔乖乖，鸡毛毽子踢起来，
毽子踢到菊花落，毽子踢到梅花开。

冬天到来梅花开，梅花引来兔乖乖，
冰天雪地骑竹马，摔得腚疼嘴巴歪。

嘻，一只傻猫

哇，一只飞碟

兔年的礼物

雪中梅花红似火，梅花树下打陀螺，
小兔乖乖鞭不停，寒冬腊月汗珠落。

兔乖乖，真可爱，
两只耳朵歪呀歪，
大眼睛，眨呀眨，
小嘴一张把口开：
俺去田里种蔬菜，
有啥蔬菜你猜猜？
有啥菜，不用猜，
看看此书就明白。

听妈妈讲兔的故事

十二月菜

礼物

兔年的

冬

一月菠菜才发青，小兔乖乖到田中，
挖棵菠菜拿回家，一路欢喜真高兴。

鸟妹在干嘛

松土

二月要栽发芽葱，小兔乖乖到田中，
栽葱先要松好土，松土打垄把腰弓。

咱要进城

三月芹菜出了地，小兔乖乖去赶集，
一路小跑走得急，要用芹菜换大米。

城还有多远

要翻两座大山

兔年的礼物

二九

四月竹笋粗又嫩，小兔乖乖采几根，
用车拉着进了城，要换柴米和油盐。

伍月

猫在干嘛

猫在找伴

咪咪，你在哪

五月黄瓜已长大，小兔乖乖来摘下，
摘了满满一大筐，吃根黄瓜歇歇吧！

六月葫芦架上挂，小兔乖乖来架下，
葫芦架下乘乘凉，再和蝈蝈说说话。

七月茄子头向下，小兔乖乖摘回家，
紫脸茄子炒辣椒，吃得浑身汗流下。

嘻

真过瘾

八月辣椒红似火，小兔乖乖院里坐，
要把辣椒系成串，晾干储存把冬过。

九月南瓜地里趴，小兔乖乖来瞧它，
南瓜长着大红脸，滚圆滚圆藏叶下。

十月萝卜已长成，小兔乖乖吃一惊，
萝卜长得这么大，兔窝怎能放得下？

兔子手的礼物

猫兄猫妹藏猫猫

十一月白菜已长大，小兔乖乖搬回家，
过冬白菜要管好，整个冬季全靠它。

拾贰月

三七

十二月用盆栽蒜苗，小兔乖乖把水浇，
放在窗前晒太阳，长出一盆绿苗苗。

兔乖乖，快快来，
两只耳朵竖起来，
大眼睛，眨呀眨，
小嘴一张把口开：
俺要给你讲故事，
讲啥故事你猜猜？
啥故事，不用猜，
看看此书就明白。

昕妈妈讲兔的故事

礼物

兔年的

兔的故事

很久很久的古代，有只兔子下山来，
一不小心撞树上，农夫得兔笑口开。

农夫从此不耕田，坐在树下把兔捡，
一年四季无收获，年年岁岁费光阴。

兔子乌龟要赛跑，乌龟居然获胜了，
兔子不该太骄傲，不该半路睡大觉。

兔龟二次又赛跑，一条大河挡了道，
乌龟驮兔过了河，人称乌龟风格高。

兔年的礼物

四四

有只木瓜落水中，"咕咚"一声响咚咚，
小兔以为有怪兽，大喊水中有"咕咚"。

小兔边跑边大叫："咕咚来啦赶快跑！"
众兽不知是啥物，只得随兔把命逃。

大灰狼，站门外，冒充外婆喊兔乖：
"兔乖乖，把门开，快让外婆进屋来。"

小兔不听那一套，对着门外大声叫：
"大灰狼，你别跑，警察马上就来了。"

你妈叫你回家吃饭啦

兔乖乖，快快来，拉拉手，排成排，
讲故事，把口开，啥故事，你猜猜。

嘻嘻，上当喽

兔年的礼物

故事，故事，南山一窝兔子，兔子跑了，故事完了……

这个故事很古老，讲的内容很奇妙，大人讲完嘻嘻笑，小孩听完上当了。

兔子的俗信

兔子位居十二生肖之四，所代表的时辰是卯时（早上五点到七点）。明代郎瑛在《七修类稿》中依照各种生肖的性情认为：卯时月亮就要隐没，而传说月亮中有玉兔，所以选兔做这个时辰的生肖。在民间有关兔子的俗信也大多与月宫有关；因此，要谈兔子的俗信，也要从月宫谈起。

 ## 月宫玉兔

月宫泛指月亮，狭义是指月中的宫殿。相传月亮中既有宫殿，又有人物树木，还有蟾兔。所谓蟾兔，是指金蟾和玉兔。关于月宫中有玉兔的说法，最早见于屈原的《天问》。《天问》中有这样的疑问："厥利维何，而顾菟在腹。"（月亮上黑色的东西是什么呢？是兔子在其中。）晋代傅玄的《拟天问》也说："月中何有，白兔捣药。"长沙出土的马王堆汉墓帛画，右上方有弯月高高地挂着，月上就栖息着金蟾和玉兔。隋唐之后，白兔便成了月亮的代名词。

为什么传说月中有白兔？白兔为何跑到月宫里去呢？古籍中有这样的记载：吴刚为了学习仙道，离家两年。在这期间，他的妻子却和炎帝的孙子伯陵生下两个孩子。后来吴刚因为学仙道时犯了过错，被玉帝罚到月宫砍"不死的桂树"，他的妻子内心愧疚，便让两个孩子飞到月宫，陪伴他们名义上的父亲。两个孩子到了月宫，一个变为蟾蜍，一个变为玉兔。也有传说玉兔是最早到月宫的，而嫦娥到月宫以后就变成了蟾蜍，吴刚到月宫是后来的事。而根据闻一多先生的考证，白兔却是由蟾蜍变来的。说法虽然不尽相同，月中有兔之说却一致，而且一般俗信认为，玉兔在月宫担任着捣药的重任。因为月宫里有兔子，所以月亮也称作金兔、玉兔、蟾兔，并演化出兔儿爷、兔爷码、月光纸以及供兔儿爷的习俗。

兔儿爷

旧时每到中秋节，民间就有供月的习俗。"兔儿爷"又是由月中玉兔演化出来的，所以祭月时必用"兔儿爷"。据《燕京岁时记》记载说："每届中秋，市人之巧者，用黄土抟成蟾兔之像以出售，谓之兔儿爷。"兔儿爷也叫"彩兔"，是一种彩绘泥塑，制作方法是将黄土和纸浆拌匀，填入分成两半的模子里，等黄土干了之后，倒出土模，涂上白粉，加上彩绘而成。

兔儿爷的造型很特别，大的有三尺多高，小的只有三寸大小，都是粉白嫩脸，头戴金盔，身披铠甲，背插护旗，右手拿杵，左手捧臼；尤其有趣的是，还有狮子或老虎做它的"坐骑"，威风凛凛的；也有坐在莲花宝座上的，神气十足。由于兔儿爷的神态惹人喜爱，祭月过后，便成了孩子们的玩具了，是中秋佳节不可缺少的应景节物。

兔儿爷还有一个特点，就是耳朵特别长，因此引起孩子们很多遐想：兔儿爷能掏耳朵吗？如果它掏耳朵，不是掏出一堆泥吗？所以北京有一句歇后语："兔儿爷掏耳朵——崴（wǎi）泥。""崴泥"表面的字意是往外掏耳朵的泥，其实是北京的土语，比喻把事情搞砸了。有关兔儿爷的歇后语还有："兔儿爷拍心口——没心没肺"，比喻人没良心或做事不用心；"兔儿爷洗澡——瘫啦"，比喻人泄了气或吓得全身瘫软，也指事情办坏了；"兔儿爷打架——散摊子"，比喻事情维持不下，垮台了；"兔儿爷戴胡子——假充老人儿"，讽刺人装模作样，冒充能干的人。

兔爷码

 中秋节除了有祭月供品兔儿爷以外，还有一种叫"兔爷码"的神纸。兔爷码，也叫"月光码"，是用木板刻制印刷的木板画，画中印有阴星君像及广寒宫前捣药的玉兔；有的还印有关圣帝君和增福财神。《燕京岁时记》对此曾有记载说："月光码者，以纸为之，上绘太阴星君，如菩萨像；下绘月宫及捣药之玉兔，人立而执杵。藻彩精致，金碧辉煌，

市肆间多卖之者。长者七八尺，短者二三尺，顶有二旗，作红绿色，或黄色，向月而供之。焚香行礼，祭毕与千张、元宝等一并焚之。"

月光神码

"月光神码"是祭月时所设的神位。这个神位的位置与其他节日拜祭的神位不同，春节所拜的神位、灶神都是将神像贴在室内和厨房内，而拜祭月神却是在室外进行，因此人们必须在庭院内临时扎制一个神位，这就是"月光神码"。扎制"月光神码"的方法是：先用两长两短四根黍秆插成牌子的样式，成一个立匾状，然后将"月光神纸"糊在上面，左右两角各插一支彩纸三角旗。横额上有的写"太阴星君"四字，也有的只写"广寒宫"字样。"神位"制好后，放在月亮所出的方向，再用小矮桌设上供品，等明月当空时就开始祭拜。祭祀完毕撤供之后，将"月光神码"在庭院中焚化，如果黍秆没有烧尽，便由老妈妈压在炕席下，留着用来打尿炕孩子的屁股，据说打过之后，孩子就不再尿炕了。

射木兔

前面几点所谈的兔子都是与月宫有关，而辽族的"射木兔"风俗就和月宫无关了。由于兔子的前腿短后腿长，奔跑速度很快，而且出没无常，所以牧民便以射兔来作为比赛的标准。辽族在每年三月三日这一天，都要举行射木兔的比赛活动。射木兔是将一只木雕的兔子放在选定的位置，让参赛的人骑马较射，射中的人就得胜。这种象征性的射兔比赛，既赛出了射手们的水准，也是人们对狩猎丰收的祝愿。

于平、任凭

（原载台湾《国语日报》儿童民俗版 1992 年 8 月 15 日）

我自己的兔年礼物

小朋友，还记得去年你给老虎兄涂的颜色吗？瞧瞧今年这些活蹦乱跳的小彩兔，他们的美丽装扮，和你用彩色笔涂的颜色有什么不一样呢？

呵呵没错，水彩笔涂上的不同颜色，彼此之间界限分明，黄就是黄，红就是红。可是如果你走到大自然中，去用心观察一下便会发现：原来颜色并不完全是这样的呀！比如秋日路面上的落叶，叶片有些虽然还是绿色的，但是又有些泛黄了，而且在黄与绿之间，还有一种温柔的颜色，你能说得清楚那是黄，还是绿吗？

于是智慧的中国人在作画时，想到了一种独特的方法——大家管它叫渲染法。我们的艺术家于平和任凭老师，每年新春在创作彩色剪纸送给小朋友作礼物时，都会用到这种美妙又神奇的方法。

简单地说呢，渲染法就是在剪好的剪纸图形上，用透明水彩色进行渲染，从而使单色的剪纸变成具有色彩变化的多色剪纸。那么，具体应该怎样来做呢？

封面有一只白白的兔子，你看到了吗？就让这两位艺术家来为好奇的你"揭秘"，一起动手来剪纸、渲染，创作一只属于你自己的"封面兔"吧！

1. 首先，用透明纸将环衬上的轮廓描摹下来，依样画在纸上，剪好，镂空；然后将剪好的单色兔子平铺在旧报纸上，用清水湿润，让它能粘附在报纸上。

2. 准备两枝羊毫毛笔，一枝蘸透明水彩色，另一枝蘸清水，两枝笔同时握在手中，就是俗称的"鸳鸯笔"咯！

3. 将透明水彩色涂在剪纸的边缘，随后用清水笔将色彩均匀润开，达到一种色彩"过渡"的效果。

4. 将渲染后的剪纸晾干，然后把它从报纸上揭下来，再托裱——喏，这样就大功告成啦！当然，你也可以自己想到什么就做出来什么，发挥你的创造潜力吧！